초딩 연애 비법서

별숲 동화 마을 48

초딩 연애 비법서

초판 1쇄 인쇄 2023년 2월 15일 | 초판 1쇄 발행 2023년 2월 22일
지은이 이수용 | **그린이** 김민우 | **펴낸이** 방일권
디자인 강소리 | **홍보관리** 손은영
펴낸곳 별숲 | **출판신고** 2010년 6월 17일 | **주소** 경기도 파주시 광인사길 68, 403호
전화 031-945-7980 | **팩스** 02-6209-7980 | **전자우편** everlys@naver.com

ⓒ 이수용, 김민우 2023

ISBN 979-11-92370-35-4 74800
ISBN 978-89-97798-01-8 (세트)

- 이 책 내용의 전부 또는 일부를 사용하려면 반드시 저작권자와 별숲 양측의 서면 동의를 받아야 합니다.
- 책값은 뒤표지에 표시되어 있습니다.
- 잘못된 책은 바꾸어 드립니다.
- 별숲 블로그 blog.naver.com/everlys 별숲 인스타그램 @byeolsoop_insta
- KC마크는 이 제품이 공통안전기준에 적합하였음을 의미합니다.

초딩 연애 비법서

이수용 창작동화 · 김민우 그림

별숲

지금 사랑하고 있나요?
기뻐도, 슬퍼도 다 괜찮습니다. 잘하고 있어요.
여러분의 멋진 연애에 이 비법서가 도움이 되기를.

_이수용

차례

제 1 장
무조건 내 거야 … 9

제 2 장
누가 좋을까 … 19

제 3 장
나랑 사귈래? … 29

제 4 장
첫 데이트 … 39

제 5 장
김빠진 사이다의 맛 … 49

제 6 장
그렇게 부르지 마 … 61

◄— 제 7 장 —►
너와 처음 하는 게임 … 71

◄— 제 8 장 —►
'쾅' 하고 문이 닫힌 날 … 81

◄— 제 9 장 —►
후회하지 않으려면 … 95

◄— 제 10 장 —►
과제 내는 날 … 105

◄— 제 11 장 —►
마지막 연애 비법 … 113

제1장

무조건 내 거야

 살다 보면 생각지도 않게 어떤 일에 휘말릴 때가 있다. 그 일이 시작된 건 9월의 첫날, 담임 선생님이 내준 과제 때문이었다.
 "이번 달 특별한 과제는 '나만의 비법서 만들기'야."
 나는 선생님의 말에 갑자기 마음이 무거워졌다. 이번 달 과제는 그 어느 달보다도 어려운 느낌이었다.
 "뭐든 너희가 관심 있는 분야에 대해서 비법을 찾아보고, 그걸 글로 정리하는 거지."
 "너무 어려울 것 같은데요."
 "맞아요."

여기저기서 불만이 터져 나왔다. 선생님은 아랑곳하지 않고 말했다.

"어렵게 생각할 것 없어. 너희가 좋아하고 잘하는 걸로 비법서를 만들면 돼. 직접 해 보면 굉장히 의미 있고 특별한 시간이 될걸. 선생님이 장담할게."

더 불평해 봤자 소용없다는 걸 알고 아이들이 조용해졌다. 다들 속으로 '그렇게 의미 있고 특별한 건 선생님 혼자 하시면 되지 않을까요?' 하고 말하고 있을 거다. 나도 그러니까.

우리 선생님은 매달 '특별한 과제'라는 이름으로 이상한 숙제를 내준다. 그게 얼마나 힘들고 번거로운지, 과제 때문에 얼른 5학년이 되었으면 하는 마음이 들 정도다.

'그래, 선생님 말대로 어렵게 생각하지 말자.'

내가 좋아하는 게임 '몬스터 라이즈' 잘하는 법을 쓰면 아주 쉬울 것 같았다. 선생님은 그 게임을 모를 테니 내가 쓴 비법이 제대로 된 비법인지 아닌지 구분도 못 할 거다. 벌써 비법서에 뭐라고 쓰면 될지 술술 떠올랐다.

연습장 위에 게임 잘하는 비법을 하나하나 써 내려가는데, 갑자기 선생님 목소리가 귀에 딱 들어왔다.

"…… 너희가 만든 비법서는 아이들끼리 돌려 보게 할 거야. 그리고 최고의 비법왕을 투표로 뽑아서 선물도 줄게."

"어떤 선물이요?"

한 아이가 묻자 선생님은 빙긋 웃었다.

"음, 아직 고민 중이야. 뭐가 좋을까?"

나는 바로 손을 들었다.

"다음 달부터 특별한 과제 안 해도 되게 해 주시는 거 어때요?"

"우와, 좋다!"

"찬서 말대로 해요!"

"그걸로 해 주세요!"

아이들이 너도나도 좋다고 맞장구를 쳤다.

"하하하. 너희, 선생님이 내주는 과제가 그렇게 싫었어?"

선생님이 웃으며 눈을 흘기더니 다시 말했다.

"알겠어. 비법왕이 된 사람은 다음 달 10월부터 마지막 달 12월까지 석 달 동안 특별한 과제 안 해도 좋아."

"와!"

아이들이 탄성을 질렀다. 나도 정신이 번쩍 들었다. 석 달 동안 이상한 과제에서 해방이라니. 그럼 이번 달 과제만 하면 끝이라는 얘기다. 아이들이 석 달 동안 과제로 힘들어하는 걸 지켜보면서 혼자 여유를 즐기는 기분은 어떨까? 생각만 해도 무지 달콤하고 짜릿할 것 같았다.

"자, 그럼 3주 뒤까지 각자 비법서 만들어 오는 거다. 알겠지?"

"네!"

아이들이 힘차게 대답했다. 아까 맥없이 투덜거리던 것과는 완전히 달라진 목소리였다. 주위를 둘러보니 아이들 눈에서 빛이 나오고 있었다.

쉬는 시간이 되자 아이들이 삼삼오오 모여서 떠들기 시작했다. 다들 비법서 얘기에 열을 올리는 중이었다. 나는 아까 연습장에 끄적거려 놓은 '게임 잘하는 비법'을 다시 읽어 보았다.

'몬스터 라이즈' 잘하는 법

1. 매일 게임에 두 시간씩 투자한다.
2. 실력이 빨리 늘지 않아도 포기하지 않고 시간을 좀 더 투자한다.
3. 부모님이 게임한다고 눈치 주면 친구 집에 가거나 피시방에 가는 등 다른 방법을 찾는다.
4. 레벨 업을 할 때마다 나 자신에게 선물을 주면서 칭찬해 준다.
5. 레벨 업이 안 될 때 특효약: 매일매일 게임을 생각하고 꿈속에서도 게임을 하라. 그러면 만렙이 곧 다가올 것이다.

-끝-

'이건 아니야…….'

절대 비법왕이 될 수 없는 비법서였다. 이걸 그대로 낸다면 지금부터 3주 동안 과제 스트레스를 받지 않고 편하게 지낼 수 있을 거다. 하지만 비법왕이 되면…… 10월, 11월, 12월까지 무려 석 달을 편하게 지낼 수 있다.

아무리 생각해도 내가 비법왕이 되어야 할 것 같았다. 이번 달이 좀 귀찮고 힘들더라도 말이다. 게임 잘하는 비법은 그냥 연습용으로 간직하기로 했다.

아이들이 서로 어떤 비법서를 쓸지 떠드는 소리가 쉴 새 없이 들려왔다. 나는 콧방귀를 뀌었다. 흥, 어림없지. 비법왕은 무조건 내 거다.

왠지 끝내주게 멋진 비법서를 쓰게 될 것 같은 좋은 예감이 들었다.

제 2 장

누가 좋을까

'어떤 주제로 비법서를 쓰지?'

아이들 마음을 사로잡을 수 있는 비법이어야 했다. 선생님이 비법왕을 투표로 정한다고 했으니까. 남자아이들만 관심 있어도 안 되고 여자아이들만 관심 있어도 안 된다. 모든 아이가 알고 싶어 하는 비법이어야 했다. 생각보다 어려운 문제였다. 나는 고민에 빠졌다.

'아이들이 하고 싶어 하지만 하기 힘든 것이어야 해. 마음대로 잘 안 되는데 그래도 하고 싶기는 해서 계속 관심이 가는 그런 것······.'

생각이 날 듯 말 듯 하면서 금방 떠오르지 않았다.

'용돈 많이 받는 비법? 그건 많이 받는 애도 있고 별로 필요 없는 애도 있잖아. 어디 놀러 가는 비법? 그건 아이들 마다 가고 싶은 데가 다를 텐데. 음…….'

그때 뒷자리에 앉은 두 녀석이 떠드는 소리가 들렸다.

"야, 너는 사귀어 본 적도 없잖아."

"그럼 너는 사귀어 봤냐?"

순간 머릿속에서 폭죽이 터지는 것 같았다.

'오, 저거다!'

여자아이고 남자아이고 전부 관심 있는 것, 다들 하고 싶지만 마음대로 잘 안 되는 그것! 나는 단박에 어떤 비법서를 쓸지 결정했다. 내 비법서는 바로 '연애 비법서'다.

뒷자리 두 녀석에게 고맙다고 인사라도 할까 했지만 비법왕이 된 뒤로 미루기로 했다. 혹시라도 눈치를 채고 내 주제를 낚아채 가면 안 되니까.

왜 진작 이 생각을 못 했을까? 작년, 그러니까 3학년 때까지만 해도 연애에 관심 없는 아이들이 더 많았다. 나도 그랬다. 어쩌다 누구랑 누가 사귄다는 얘기를 들어도 '뭐, 그런가 보다.' 하는 정도였다.

그런데 4학년이 되면서 분위기가 달라졌다. 우리 반에도

사귀는 아이들이 자주 생기고 그러다 깨지는 일도 종종 생겼다. 누가 사귄다더라, 누가 깨졌다더라 하는 이야기는 항상 제일 재미있는 이야깃거리다. 2학기가 되면서 그런 분위기는 부쩍 더 심해졌다.

아이들 말로 6학년이 되면 중학교에 갈 준비를 하느라 바쁘기 때문에 그 전에 사귀어야 한다고 했다. 그런데 5학년이 되고 나서 사귀려고 하면 연애 경험이 없는 아이들은 뒤로 밀려서 계속 솔로로 남기 십상이라나. 그래서 4학년 때 미리 사귀어 본 아이들이 유리하다는 거다.

'그래, 이번 기회에 나도 여자 친구 사귀고 비법서도 만드는 거야.'

내가 4학년 2학기가 되도록 여자 친구를 안 사귄 건 여자아이랑 노는 것보다 남자아이들이랑 노는 게 훨씬 재미있었기 때문이다. 하지만 요즘은 나도 슬슬 여자아이들한테 관심이 생기는 중이었다. 여자아이랑 사귀면 어떤 기분이 들지 궁금하기도 했다.

그렇다면 누구와 사귀는 게 좋을까? 나는 반 아이들을 훑어보았다. 기왕 사귀는 거라면 인기도 있고 예쁜 아이가 좋을 것 같은데……. 마침 옆 분단 유다린이 자리에서 일어났다.

'유다린이면 괜찮을 것 같은데?'

유다린은 단발머리에 눈이 크고 예쁜 편인데 피구, 축구를 잘해서 인기도 많다. 누구를 사귄다는 얘기도 못 들어 봤다. 하지만 혹시 모르니 확인을 해 보기로 했다.

유다린이 교실 밖으로 나가는 걸 보고 나는 바로 따라 나갔다.

"야, 유다린."

유다린이 복도에 멈춰 서서 나를 돌아보았다.

"왜?"

"너 남친 있어?"

"아니, 없는데."

오호라, 역시 그렇군. 그때 유다린이 불쑥 물었다.

"왜 묻는데? 너 나 좋아해?"

갑작스러운 질문에 나는 바로 대답을 못 하고 머뭇거렸다. 유다린 얼굴에 장난스러운 웃음이 떠올랐다. 하긴, 유다린이랑 사귀고 싶어서 이런 질문을 한 건 분명 내가 처음이 아닐 거다. 이대로 가만히 있다가는 놀림을 당할 게 불 보듯 뻔했다.

"그럴 리가 있냐."

"휴, 다행이네. 앞으로도 절대 좋아하지 마라. 응?"

유다린이 정말 다행이라는 얼굴로 씩 웃고 지나갔다. 얼굴이 확 달아오르는 게 느껴졌다. 고백한 적도 없는데 차인

기분이었다. 사귀자는 말부터 했으면 진짜 제대로 망신당할 뻔했다.

'뭐? 앞으로도 절대 좋아하지 말라고?'

말을 어쩜 저렇게 기분 나쁘게 하는지, 저런 아이인 줄 알았으면 남친 있냐고 물어보지도 않았을 거다. 유다린을 좋아하지 않은 게 정말정말 다행이었다.

같은 반 여자아이들을 다시 훑어보았다. 유다린한테 한번 당하고 나니 고르기가 어려웠다. 겉으로 보는 거랑 다른 아이가 또 있을지 몰랐다.

'아예 다른 반 아이랑 사귀는 게 나으려나?'

거절당한다 해도 그게 덜 망신일 것 같았다. 그런데 다른 반 아이랑 사귀면 이래저래 불편한 게 많다. 하교 시간도 조금씩 다르고 쉬는 시간에 다른 반 교실은 못 들어가기 때문에 복도에서 불러내야 한다. 그런 생각을 하고 있는데 한 아이가 내 눈에 들어왔다.

    내 눈에 들어온 아이는 박하진이었다. 1학기 때 첫 짝꿍이었는데 한 달 동안 한 번도 다투지 않고 잘 지냈다. 그 뒤로 만난 짝꿍들과 한 번 이상 다툰 걸 생각하면 나랑 꽤 잘 맞는 아이인 것 같았다.

    나는 하얀색, 연두색, 하늘색처럼 밝은색을 좋아하는데 박하진은 그런 색깔 옷을 자주 입는다. 얼굴이 하얘서 그런 옷이 잘 어울리기도 한다. 웃을 때는 눈이 초승달 모양이 되면서 까르르 웃는데, 웃음소리가 시원하고 상쾌해서 박하사탕을 입에 물었을 때 느낌이랑 비슷하다. 그래서 짝꿍일 때 계속 그 아이를 웃기고 싶은 생각이 들었다.

게다가 박하진과 나는 같은 아파트 단지에 산다. 집에 갈 때 같이 갈 수 있고 각자 집에 있을 때도 5분 내로 만날 수 있다. 진작 유다린 말고 박하진한테 물어볼걸.

수업이 다 끝난 뒤, 나는 박하진에게 다가가 말했다.

"나 할 말 있는데, 이따가 아파트 놀이터에서 만나자."

"무슨 얘긴데?"

박하진이 눈을 동그랗게 떴다.
"이따가 얘기할게. 몇 시쯤 올 수 있어?"
나는 조심스럽게 박하진 얼굴을 살폈다. 혹시 박하진도 유다린처럼 실실 웃으면서 이럴까 봐 겁이 났다.
'왜? 너 나한테 관심 있어?'
다행히 박하진은 그런 말을 하지 않았다. 잠깐 생각하더니 다섯 시에 보자고만 했다.
그때부터 갑자기 시간이 느리게 가는 것 같았다. 집에 와서도 자꾸만 시계를 보게 되었다.

나는 다섯 시가 되기 전에 놀이터에 나갔다. 조금 기다리고 있으니 박하진이 걸어왔다.
"오찬서, 무슨 일인데?"
막상 이야기를 꺼내려니 입술이 바짝 말랐다.
"음, 그게⋯⋯ 너 남자 친구 있어?"
박하진이 눈을 깜박거리더니 천천히 고개를 저었다. 휴, 다행이다. 나는 별일 아닌 것처럼 얼른 말했다.
"그럼 나랑 사귈래?"
'나랑 아이스크림 먹을래?' 하고 묻는 것처럼 정말 가볍게 물었다. 그래야 박하진도 별생각 없이 '그래.'라고 대답할 것 같았다.
내 생각과 달리 박하진은 한참 동안 대답이 없었다. 눈을 내리깔고 있다가 슬쩍 고개를 들어 보니 박하진이 멍한 얼굴로 나를 보고 있었다. 기다리다 못해 다시 물었다.
"싫어?"
박하진은 머뭇거리다가 되물었다.
"왜 나랑 사귀려는 건데?"
"음⋯⋯ 그냥."
"그냥?"

"응, 그냥 너랑 사귀면 좋을 것 같아서."

"갑자기 왜 그런 생각이 든 건데?"

"너랑 잘 맞는 것 같아서. 오늘 갑자기 그런 생각이 들었어."

그건 거짓말이 아니었다. 아까 학교에서 박하진을 보고 나랑 잘 맞는 부분들을 생각한 뒤 사귀기로 결심했으니까. 박하진이 잠자코 있다가 말했다.

"생각 좀 해 볼게."

나는 알겠다고 하고 집에 돌아왔다.

이틀 뒤, 토요일에 박하진이 나를 놀이터로 불렀다.

"네 말대로 하자."

나는 놀라서 고개를 들고 물었다.

"나랑 사귄다고?"

"응. 근데 조건이 있어."

"뭔데?"

"반 아이들한테는 말하지 마. 다른 아이들이 알면 창피할 것 같아. 나 처음 사귀는 거거든."

"좋아, 비밀로 하자."

나는 고개를 크게 끄덕였다. 역시 나랑 뭔가 통하는 것 같았다. 나도 여기저기 떠벌리고 싶은 생각은 조금도 없었다.

"오찬서 너도 사귀는 거 내가 처음이야?"

"응."

내 말을 듣고 박하진이 빙긋 웃었다. 순간 좀 미안한 마음이 들었다. 나도 처음인 게 맞지만 나는 비법서 때문에 사귀는 거다. 그걸 말 안 한 것도 거짓말일까. 아니다. 기분 상할 말은 안 하는 게 낫다. 나는 박하진과 마주 보고 히죽 웃었다.

집에 와서 생각해 보니 벌써 첫 번째 연애 비법을 배운 것 같았다. 나는 오늘 배운 걸 공책에 적었다.

연애 비법 1. 나와 맞는 사람 찾기

무조건 인기 있는 아이를 고르면 실패할 확률이 크다. 나랑 잘 맞는 아이를 찾아보는 것이 좋다. 같이 놀면 다툴 일이 없다든가, 웃음소리를 들으면 기분이 좋아진다든가, 뭐든 내 마음에 드는 부분이 많은 사람을 골라 보자. 그러면 커플이 될 확률이 훨씬 높아질 것이다.

제 4 장

첫 데이트

"오, 이게 뭐야?"

내 방에서 나온 누나가 낯익은 공책을 들이밀었다. 젠장, 내 비법서였다. 나는 간식을 먹던 걸 멈추고 얼른 누나 손에 들린 공책을 빼앗았다.

"남의 공책을 왜 보는 건데?"

"지우개가 없어서 빌리러 갔는데 그게 딱 있더라고."

누나가 낄낄 웃으며 눈을 가늘게 떴다.

"오찬서, 너 여친 생겼냐?"

"여친은 무슨 여친."

"근데 연애 비법을 네가 어떻게 썼어? 솔직하게 말하면

엄마, 아빠한테 말 안 할게."

누나가 좋은 먹잇감을 건졌다는 얼굴로 말했다. 휴, 공책을 잘 숨겨 두고 나왔어야 했는데…….

중2인 누나는 상태가 좀 안 좋다. 보통 사춘기가 되면 얼굴에 신경 쓰고 꾸미는 걸 좋아한다는데, 누나는 나랑 같이 게임에 빠져들었다. 남자 친구는 안 사귀냐고 했더니 한다는 말이 이랬다.

'후후, 난 이게 훨씬 더 재미있는데? 오, 죽을 뻔했다! 으아 스릴, 이게 인생이지!'

배가 툭 튀어나올 정도로 살이 찌고 얼굴에 여드름이 잔뜩 났는데도 라면이나 피자 먹을 때는 나보다 더 많이 먹으려고 필사적이다. 살이 다 키로 갈 거라고 거드름을 피우더니 요즘 정말 키가 쑥쑥 커서 170센티가 다 되었다. 키가 작은 편인 나는 누나를 보고 있으면 은근히 약이 오른다.

"여친 이름이 뭔데? 응?"

여자도 사춘기가 되면 목소리가 변하는 걸까? 누나가 부쩍 아저씨처럼 걸걸해진 목소리로 물었다.

"…… 박하진."

어쩔 수 없이 누나에게 굴복하고 말았다.

엄마, 아빠가 안다고 뭐라고 하지는 않겠지만 여자 친구를 사귄다고 온 가족의 관심을 받고 싶지 않았다.

"오, 하진이. 이름 이쁘네. 보고 싶다. 한번 데리고 와."

"으응."

누나가 집에 있을 때 데려올 생각은 절대 없었지만 대충 대답했다. 박하진이랑 만나기로 한 시간이 다 되었기 때문이다.

"요즘 애들은 참 귀엽게 사귀네. 같이 연애 비법서도 쓰고. 오늘은 데이트 안 해?"

"안 그래도 지금 나갈 거야."

"오호, 게임 좋아하면 우리 집에 와서 셋이 같이 게임하자고 해. 응?"

"알겠어."

얼른 대답하고 운동화를 구겨 신었다. 빨리 누나한테서 벗어나고 싶었다.

놀이터에 도착해 보니 박하진이 먼저 와 있었다. 벤치에 앉아 있다가 나를 보더니 빙그레 웃었다.

"박하진, 언제 왔어?"

"조금 전에. 우리 뭐 하지?"

"음, 그러게. 뭐 하지…….."

딱히 생각해 둔 건 없었다. 놀이터에 앉아 있다가 편의점에 가서 아이스크림이나 사 먹으면 되지 않을까 생각했다. 근데 박하진 얼굴을 보니 그것보다 좀 더 그럴듯한 일을 해야 할 것 같았다.

나는 잠깐 생각하다가 말했다.

"피시방 갈래?"

"뭐? 피시방?"

박하진이 눈썹을 조금 찡그렸다.

"초등학생이 그런 데 가도 돼?"

"가도 되는데."

"가서 뭐 하는데?"

"게임."

박하진 얼굴이 굳어졌다.

"난 게임 안 좋아해. 피시방 가는 것도 싫고."

"그럼 뭐 할지 네가 얘기해 봐."

"우리 집에 가서 체스할래?"

"체스?"

박하진이 스마트폰을 꺼내서 체스 영상을 보여 주었다.

"이렇게 하는 건데 엄청 재미있어."

내가 보기에는 별로 재미있을 것 같지 않았다. 일단 복잡하고 어려워 보였다. 박하진이 어떻게 하면 되는지 막 설명하는데 귀에 하나도 들어오지 않았다.

"그건 배우려면 시간이 많이 걸릴 것 같아. 다음에 하자."

"금방 배울 수 있는데……."

박하진이 아쉬운 표정을 지었다.

"게임하는 게 더 낫지 않아? 피시방에서 게임하는 거 이상한 거 아냐. 네가 안 해 봐서 그래."

내 말에 박하진은 대답하지 않았다. 우리는 말없이 몇 분을 앉아 있었다.

내가 참다못해 말했다.

"그럼 아이스크림이나 먹으러 갈래?"

"아까 집에서 먹었는데."

박하진이 시큰둥하게 대답했다. 나도 이제 좀 화가 났다. 더는 생각해 낼 것도 없었다.

"그럼 각자 집에서 놀자. 난 게임하고 넌 체스하고."

내 말에 박하진이 가만히 있다가 짧게 대답했다.

"그래."

그러고는 바로 자리에서 일어나 가 버렸다. 마치 화난 사람처럼 말이다. 나는 너무 황당해서 그 뒷모습을 멍하니 보았다. 박하진이 원래 저런 아이였나?

제 5 장

김빠진 사이다의 맛

바로 집에 들어가면 누나가 왜 금방 오냐고 꼬치꼬치 캐물을 게 뻔했다. 누나가 학원 가려면 아직 30분은 더 있어야 했다. 혼자 동네를 돌아다니는데 한 가지 생각밖에 들지 않았다.

'박하진이랑 사귀는 게 아니었어.'

나랑 이렇게 안 맞는 아이인 줄은 몰랐다. 이제라도 다른 아이를 사귀어야 하나? 그것도 자신 없었다. 꽤 잘 안다고 생각한 아이도 이런데, 다른 아이는 또 어떨까.

아예 다른 비법서를 쓰는 건 어떨까? 내가 너무 어려운 주제를 택한 것 같았다. 좀 더 쉬우면서 아이들이 좋아할

만한 주제가 있을지도 몰랐다. 내 첫 연애를 마음 안 맞는 아이와 억지로 이어 가는 것도 싫었다.

'그래, 다른 주제를 찾아보자. 이건 아니야.'

누나가 나갔을 시간에 맞춰 집에 들어왔다. 책상 앞에 앉아 아이들이 궁금해할 비법을 고민하는데 좋은 생각이 떠올랐다.

"맞다, 그게 있었지!"

1학기 초에 선생님이 아이들의 간단한 자기소개를 모아서 종이 두 장으로 만들어 모두에게 나눠 주었다. 서로 친해지는 데 도움이 될 거라면서 말이다. 거기에 취미 항목도 있었다. 아이들의 취미를 보다 보면 좋은 비법 주제가 떠오를 것 같았다.

책장 깊숙이 꽂혀 있던 '4학년 2반 자기소개 모음집'을 찾아내어 찬찬히 읽어 봤다. 아이들의 취미는 운동이나 게임, 유튜브 보기, 독서가 제일 많았다.

'이런 걸로 무슨 비법을 만들지?'

전부 비법 주제로 쓰기에는 애매해 보였다. 그때 박하진이 쓴 자기소개가 보였다. 취미로 체스, 배드민턴을 써 놓았다.

'배드민턴? 그건 나도 좋아하는데…….'

작년까지만 해도 주말이면 가족끼리 배드민턴을 쳤다. 셔틀콕이 내 머리 위까지 왔을 때 '탁' 쳐 내는 기분은 정말 최고다. 이리저리 움직이며 정신없이 치다 보면 기분이 좋아지면서 저절로 웃음이 난다. 요즘은 엄마, 아빠가 회사 일로 바빠서 주말에 무조건 쉬려고 하는 바람에 통 못 쳤다. 게으른 누나는 배드민턴처럼 자꾸 움직여야 하는 건 질색한다.

잠깐 박하진이랑 배드민턴 치는 모습을 상상해 보았다. 지금까지 친구랑 배드민턴을 쳐 본 적은 한 번도 없는데, 왠지 재미있을 것 같았다.

아까 놀이터에서 있었던 일을 다시 떠올려 보니 나도 잘한 건 없었다. 내가 먼저 각자 집에서 놀자고 했다. 아무 대책도 없으면서 무조건 싫다고만 하는 박하진이 얄미웠기 때문이다. 하지만 박하진은 내가 각자 놀자고 하니 화가 났을 수도 있다.

'새 비법서보다 쓰던 비법서를 쓰는 게 나을지도 몰라. 주제 찾기도 힘들고.'

나는 박하진에게 메시지를 보냈다.

> 배드민턴 같이 칠래?

몇 분 뒤 답장이 왔다.

> 응.

> 우리 집에 라켓이랑 셔틀콕 다 있어. 지금 놀이터에서 보자.

> 알겠어.

라켓을 들고 놀이터에서 기다리고 있으니 박하진이 저쪽에서 걸어왔다. 손에 비닐봉지를 들었는데 무거운 게 들었는지 무척 끙끙댔다.

"그거 뭐야?"

"사이다. 배드민턴 치면 목마르잖아. 근데 집에 큰 거밖에 없어서……."

봉지 안에는 1.5리터 페트병 사이다가 들어 있었다.

"이거 다 마시려면 깜깜해질 때까지 쳐야겠다."

내 말에 박하진이 키득거리며 웃었다.

"근데 배드민턴은 어떻게 생각해 낸 거야?"

"우리 반 애들 자기소개 보다가 네가 배드민턴 좋아한다고 썼길래. 나도 배드민턴 좋아하거든."

박하진이 나를 가만히 보다가 머쓱한 얼굴로 말했다.

"아까는…… 머릿속으로 열심히 고민 중이었는데 네가 각자 놀자고 해서 좀 화가 났어."

"너도 고민하고 있는지 몰랐어. 아무 말이 없으니까 나도 화가 나서……."

그때 박하진이 갑자기 생각난 듯 눈을 크게 떴다.

"참, 컵도 가져와야 하는데, 까먹고 사이다만 가져왔어."

"괜찮아. 입 안 대고 마시면 돼."

"너 이렇게 큰 거 입 안 대고 마실 수 있어?"

"당연하지. 넌 못하겠으면 내가 들고 부어 줄게."

그게 뭐가 웃긴지 박하진이 또 키득거렸다. 웃을 때 턱에 보조개가 패는 게 좀 귀여웠다. 턱에 보조개가 있는 줄은 오늘 처음 알았다.

우리는 정말로 어두워질 때까지 배드민턴을 쳤다. 사이다 뚜껑을 열어 놨더니 나중에는 김이 다 빠져 버렸다. 그래도 꿀꺽꿀꺽 마시면 단맛이 나서 좋았다. 우리는 다음에 배드민턴을 칠 때도 사이다를 마시기로 했다.

연애 비법 2. 같이 놀 때는 같이 좋아하는 것 찾기

사람들은 저마다 좋아하는 것이 다르다. 내가 좋아하는 것을 상대방은 좋아하지 않을 수도 있다. 서로 자기가 좋아하는 것을 하며 놀려다가는 다툴 수도 있다.

이럴 때는 상대방이 좋아하는 게 뭔지 물어보고 내가 좋아하는 것과 겹치는 것을 찾아보자. 같이 좋아하는 걸 하면 다툴 일 없이 즐거운 시간을 보낼 수 있다. 좋아하는 사람과 즐겁게 놀면 그냥 친구랑 놀 때와는 또 다른 재미도 느낄 수 있을 것이다.

제 6 장

그렇게 부르지 마

　오늘로 박하진과 배드민턴을 친 지 4일째다. 우리는 별로 할 것도 없어서 만날 때마다 배드민턴을 쳤다. 박하진은 배드민턴을 잘 치는 편이 아니다. 아니, 솔직히 말하면 나보다 훨씬 못 친다. 셔틀콕을 칠 때보다 땅에서 주울 때가 더 많다.
　그래도 매일 치면서 조금씩 나아지는 것 같았다. 우리는 셔틀콕을 떨어뜨리지 않고 열 번 주고받는 걸 목표로 삼기로 했다. 그런데 오늘따라 박하진이 자꾸 셔틀콕을 아래로 탁 내리쳤다. 그러면 셔틀콕이 나한테 못 오고 땅에 콱 박혀 버린다.

용케 여덟 번이나 주고받았는데 또 아래로 탁 내려칠 때는 머리에 열이 확 올라왔다. 두 번만 더 치면 열 번이었는데……. 나도 모르게 목소리가 커졌다.

"야! 위로 쳐야지, 자꾸 밑으로 치면 어떡해?"

박하진이 떨어진 셔틀콕을 줍지도 않고 입을 툭 내밀었다.

"왜 안 주워?"

"네가 줍든가."

"야, 네 쪽에 떨어졌잖아."

박하진이 잔뜩 심통 난 얼굴로 나를 쳐다보았다. 자기가 잘 못 쳐 놓고 왜 저러는지 알 수가 없었다.

"너 왜 자꾸 나한테 '야'라고 해?"

생각지도 못한 질문에 순간 멍해졌다.

"뭐?"

"사귀는 사이에는 '야'라고 부르지 않는 거야."

나는 말문이 막혔다. 그런 규칙이 있었나?

"그럼 뭐라고 부르는데?"

"이름 부르면 되잖아."

"그냥 '야'라고 할 수도 있는 거 아냐?"

"'야'는 안 돼. 사귀는 사람끼리는 그렇게 안 불러."

잘 이해는 안 되었지만 일단 알겠다고 했다. 그런데 박하진이 한 술 더 떴다.
"'박하진'이라고도 부르지 마."
"뭐?"

'야'도 안 되고, '박하진'도 안 된다니 그럼 대체 뭐라고 부르라는 걸까. 내 마음을 읽었는지 박하진이 답답한 얼굴로 말했다.

"넌 진짜 아무것도 모르네."

그러더니 그만 집에 가야겠다면서 가방을 챙겼다. 이대로 집에 가면 분명 마음이 불편할 것 같았다. 대체 뭐라고 불러야 하는 걸까.

그때 갑자기 뭔가가 떠올랐다. 팔에 닭살이 돋을 것 같았지만 일단 냅다 불러 보았다.

"하진아!"

가방을 메고 돌아서던 박하진이 우뚝 멈춰 섰다.

"이것도 아냐?"

박하진이 고개를 돌려 나를 보았다.

"맞아. 사귀는 사이에는 그렇게 부르는 거야."

아, 그거였구나. 사귀는 사이에는 여자아이들이 서로 부르는 것처럼 불러야 하는구나. 곰곰이 생각해 보니 그게 맞는 것 같기도 했다. 사귀는 사이인데 안 사귀는 여자아이를 부를 때와 똑같이 부른다면 그것도 좀 이상하긴 하니까.

박하진, 아니 하진이는 지금껏 내가 '야'라고 부르거나 '박하진!'이라고 부를 때마다 기분이 좋지 않았을 거다. 그걸 참다 참다 오늘 폭발한 것 같았다.

"그럼 진작 얘기하지. 근데 너도 나한테 '오찬서'라고 부르잖아."

"나도 성 빼고 부르는 건 아직 쑥스러워서……. 그래도 '야!'라고 하면서 짜증 내는 건 너무하잖아."

나는 고개를 끄덕였다.

"알겠어. 안 그럴게. 그럼 너도 이제 나 불러 봐."

"으응?"

"빨리 불러 봐."

하진이는 입을 달싹거리다가 작게 중얼거리듯이 말했다.

"찬서…… 야."

그러고는 쑥스러운지 '풋' 하고 웃음을 터뜨렸다. 나도 쑥스러워서 킥킥 웃었다. 오징어처럼 몸이 도르르 말리는 것 같았다.

집에 와서 오늘 배운 비법을 적다가 문득 그런 생각이 들었다.

'이걸 정말 과제로 낼 수 있을까?'

과제로 내려면 하진이 허락을 받아야 할 것 같았다. 하지만 비법서 때문에 사귀었다는 걸 알면 하진이가 기분 상할지도 모른다. 어떻게 말해야 할까? 갑자기 머리가 복잡해졌다. 당장은 좋은 생각이 날 것 같지 않았다. 아직 시간이 있으니 과제 내기 전까지 틈날 때마다 고민해 보기로 했다.

연애 비법 3. 함부로 부르지 않기

사귀는 사이는 그냥 친구와 다르기 때문에 상대방을 부를 때도 신경을 써야 한다. 특히 '야!'라고 부르는 것은 매우 좋지 않다.

이름도 성까지 붙여서 부르는 것보다 'ㅇㅇ야!'라고 부르는 게 더 좋다. 훨씬 다정하게 들리기 때문이다.

예쁜 말을 쓰려면 처음에는 적응이 잘 안 될 수도 있다. 하지만 그 순간만 참으면 서로 좋은 기분을 느낄 수 있으니 힘들어도 노력해 보자.

제 7 장

너와 처음 하는 게임

오후부터 비가 쏟아지기 시작했다. 오늘은 배드민턴을 칠 수 없을 것 같았다. 통화로 뭘 할지 의논하는데 하진이가 말했다.
"우리 집에서 놀래? 치킨샌드위치 있는데 같이 먹자."
"그래."
전화를 끊자마자 하진이 집으로 갔다. 여자아이 집에 가 보는 건 처음이었다. 같은 아파트인데도 훨씬 넓어 보였다.
"우리 엄마가 버리는 걸 좋아해서 그래. 내 물건도 틈만 나면 정리하고 버린다니까."
아닌 게 아니라 하진이 방도 정말 깔끔하게 정리돼 있었다. 샌드위치를 먹고 하진이 방을 구경하는데 책장에 꽂힌 책들 사이에 까만 박스가 눈에 띄었다.

"이건 뭐야?"

"아, 그거 체스 게임이야."

전에 하진이가 체스를 좋아한다고 했던 게 기억났다.

"이게 그렇게 재미있어? 같이 한번 해 볼까?"

"응? 너 체스 못 한다고 했잖아."

"네가 가르쳐 줘."

하진이 눈에 생기가 도는 게 보였다.

"좋아."

체스 규칙은 역시나 복잡하고 어려웠다. 움직일 수 있는 말이 총 여섯 종류인데, 종류마다 움직이는 규칙이 다 달랐다. 그래도 게임을 몇 번 하다 보니 조금씩 알 것 같았다. 하진이는 내가 헷갈려서 자꾸 실수해도 처음 가르쳐 주는 것처럼 다시 가르쳐 주었다.

세 번째 판까지는 하진이가 이겼는데 네 번째 판은 내가 처음으로 이겼다.

"와, 너 엄청 빨리 배운다. 천재 아니야?"

하진이가 띄워 주니까 나도 신이 났다.

"몰랐어? 나 뭐든 엄청 빨리 배워. 체스 이거 재미있네."

"그렇지? 나도 오랜만에 하는 건데 진짜 재미있다!"

"에이, 넌 나 가르쳐 주면서 하느라 별로 재미없었잖아."

"아닌데. 너랑 하면 뭐든 무지 재미있어. 배드민턴도, 체스도."

하진이가 눈을 반짝거리며 말했다.

"정말?"

"응. 너는?"

"나도 너랑 놀면 재미있어. 학교에서도 빨리 수업 끝나고 같이 놀고 싶어."

내 말에 하진이 입꼬리가 위로 올라갔다.

"나도 그래."

집에 오면서 하진이와 나눈 얘기를 다시 생각해 보았다. 요즘은 정말로 하진이와 노는 게 즐겁고 기다려진다. 비법서 때문에 시작한 거긴 하지만 하진이와 사귀기를 잘했다는 생각이 든다.

비법서를 떠올리니 또 마음이 무거워졌다. 하진이에게 그 이야기를 해야 할 것 같은데 시간이 지날수록 말하기가 더 어려워진다. 나는 하진이에게 할 말을 혼자 중얼거려 보았다.

"사실은 연애 비법서를 쓸 생각으로 널 사귀었는데, 네가 정말 좋아졌어. 네가 싫다고 하면 그 비법서는 내지 않을 거야."

그건 내 진심이었다. 하진이가 진짜로 다른 비법서를 급하게 써낼 생각이다. 물론 그러면 비법왕은 못 될 거고 계속 선생님이 내주는 이상한 과제를 해야 할 것이다. 그래도 괜찮았다. 이상한 과제도 하진이랑 같이 하면 그런대로 할 만할 것 같았다.

문제는 아직 하진이한테 이런 이야기를 꺼낼 용기가 나지 않는다는 거다.

'하진이가 많이 화내면 어쩌지? 그냥 말하지 말까? 말하지 말고 다른 비법서를 쓰면 되잖아. 꼭 말할 필요는 없어.'

고민만 하다가 오늘도 결론은 내리지 못했다. 그래도 연애 비법서는 계속 쓰기로 했다. 이제 이 비법서는 하진이와 함께 쓰는 일기가 되어 가는 느낌이다.

연애 비법 4. 상대방이 좋아하는 걸 해 보기

세상에는 수많은 집이 있다. 집들은 다 비슷비슷해 보이지만 안에 들어가 보면 전부 다르다. 누군가와 사귀는 것은 그 사람의 집을 구경하는 것과 같다. 겉으로 볼 때는 몰랐던 상대방의 여러 부분을 사귀면서 알 수 있다.

그중에 상대방이 좋아하는 것을 같이 해 보는 것은 색다른 경험이 된다. 함께 재미있는 시간을 보낼 수 있고 그 사람에 대해 더 잘 알 수 있다. 상대방이 즐거워하는 것을 보면 나도 저절로 기분이 좋아진다.

연애 비법 5. 좋은 기분은 말로 표현하면 더 좋아진다

같이 있을 때 재미있고 즐겁다면 그걸 말로 표현해 보자. 좀 쑥스럽기는 하지만 말로 표현하는 게 표현하지 않는 것보다 훨씬 기분이 좋아진다. 바로 이렇게 말해 보는 것이다. 너랑 놀면 무지 재미있다고. 오늘도 참 즐거웠다고. 내일도 같이 신나게 놀자고. 그러면 두 배로 행복해질 것이다.

제 8 장

'쾅' 하고 문이 닫힌 날

학원이 끝나자마자 샛별 문방구 앞으로 갔다. 거기서 하진이를 만나기로 했기 때문이다. 어제 하진이한테서 이런 메시지가 왔다.

내일 샛별문방구 아저씨 인터뷰하러 갈 건데 같이 갈래?

문방구 아저씨 인터뷰? 갑자기 왜?

그건 만나서 얘기해 줄게. ^^

문방구 앞에서 만난 하진이는 기자라도 된 것처럼 수첩과 펜을 들고 있었다.

"진짜 아저씨 인터뷰하는 거야?"

"응. 우리 비법서 과제 있잖아. 나 '키 크는 비법' 모으는 중이거든. 샛별문방구 아저씨가 키 엄청 크니까 비법 여쭤보려고."

'비법서'라는 말에 나도 모르게 가슴이 쿵 내려앉았다.

"찬서 넌 무슨 주제로 쓰고 있어? 과제 내는 날 얼마 안 남았는데."

"음, 그게……."

하진이 말대로 이제 과제 내는 날이 일주일밖에 남지 않았다.

"뭐야? 비밀이야? 뭔데 그래? 어차피 알게 될 거잖아."

"나중에 말해 줄게. 아직 뭘 쓸지 못 정해서 그래."

그냥 둘러댄 말이 아니었다. 나는 정말로 어떤 비법서를 낼지 아직 정하지 못했다. 하진이가 알겠다는 듯이 고개를 끄덕였다.

"아하, 너 시작도 못 했구나. 나중에 쓰다가 힘들면 말해. 내가 도와줄게."

나는 억지로 웃으며 고개를 끄덕였다. 마음이 무거웠다. 이제라도 하진이에게 숨김없이 다 말하고 싶었다.

'솔직히 말해도 하진이는 용서해 줄 거야. 오늘 헤어지기 전에 꼭 말하자.'

문방구 아저씨 인터뷰는 생각보다 더 재미있었다. 아저씨는 평소에 말도 없고 무뚝뚝해 보였는데, 우리가 인터뷰하러 왔다니 무척 놀라고 즐거워하시면서 어린 시절 이야기를 들려주었다.

아저씨는 우유를 별로 안 좋아했는데 대신 물을 많이 마셔서 한 시간에 한 번씩 화장실에 갈 정도였다고 했다. 그 얘기를 듣고 나도 앞으로 물을 많이 마시기로 마음먹었다. 하진이도 키 큰 사람을 좋아하는 것 같았기 때문이다.

인터뷰가 끝난 뒤 하진이와 우리 집에 가서 둘둘칩을 먹기로 했다.

"진짜 너희 집에 둘둘칩 있어?"

"응, 그거 콜라랑 먹으면 엄청 맛있대. 우리 집에 콜라도 있어."

둘둘칩은 요즘 새로 나온 과자인데 구경하기도 힘들 정도로 인기가 최고다. 마트나 편의점에 가도 금방 다 팔려서 찾아볼 수가 없었다. 그런데 엄마가 어제 그걸 사 온 거다.

'하진이가 엄청 좋아하겠다.'

나는 누나가 보기 전에 둘둘칩을 낚아채서 내 방 서랍에 감춰 두었다. 누나는 엄마가 둘둘칩을 사 온 것도 모르고 감자칩과 새우칩만 가져다가 와작와작 먹어 치웠다.

하진이와 둘둘칩 얘기를 하면서 현관에 들어서는데 주방에서 달그락거리는 소리가 났다.

'어, 뭐지? 아무도 없을 시간인데.'

엄마, 아빠는 회사에 있을 거고 누나도 오늘은 계속 학원에 있는 날이다. 주방에 고개를 빼꼼 내밀어 봤더니…… 이럴 수가, 누나가 자기 얼굴만큼 커다란 그릇에 코를 박은 채로 시리얼을 먹고 있었다.

"어, 왔어? 너도 한 그릇 할래? 근데 내가 다 먹었지롱. 헤헤."

"누나 학원 안 갔어?"

"오늘은 시험 끝나서 쉬는 날이지롱."

집에 들어오기 전에 잔뜩 설렜던 마음이 갑자기 팍 사그라들었다. 여자 친구한테 이런 누나의 모습을 보여 줘야 한다니…….

"어머, 너구나. 찬서 여자 친구 하진이! 맞지?"

누나가 하진이를 보고 반갑게 알은척을 했다.

"네. 안녕하세요, 언니."

누나가 무슨 말을 더 하려고 해서 나는 얼른 하진이를 내 방으로 데리고 갔다.

"와, 너희 누나 키 엄청 크다."

하진이가 놀란 얼굴로 말했다.

"엄청 먹어서 그래. 우리 집 식량의 절반은 혼자 해치울걸."

"너희 누나한테도 키 크는 비법 좀 물어보면 안 될까?"

"글쎄, 많이 먹는 거 말고는 별거 없을 텐데……."

하진이는 벌써 가방에서 수첩과 펜을 꺼내고 있었다. 누나한테 하진이를 데려가야 한다니 영 내키지 않았지만 열심히 과제를 하겠다는 하진이를 말릴 수도 없었다.

누나는 인터뷰를 하고 싶다는 하진이 말에 기분이 좋은지 킁킁 웃어 댔다.

"내 키의 비법? 음, 그건 재미있게 사는 거야. 내 좌우명이 '무조건 재미있게 살자'거든. 좌우명이 뭔지는 알지?"

별말도 아닌데 하진이는 대단한 이야기를 듣는 것처럼

입을 벌리고 고개를 끄덕거렸다. 중간중간 메모도 했다. 누나는 더 신이 나서 주절주절 떠들었다.

생각해 보니 하진이한테 아직 주스 한 잔도 못 주었다. 나는 일어나서 주방에 주스와 간식을 가지러 갔다. 둘둘칩을 숨긴 걸 누나한테 들킬 수는 없으니 그건 나중에 하진이네 집에 가져가서 먹어야 할 것 같았다.

'뭐 다른 간식이 있으려나?'

여기저기 찾아보는데 누나와 하진이의 웃음소리가 들렸다. 누나가 또 무슨 쓸데없는 이야기를 한 걸까. 싱크대 위 서랍을 찾아보니 쿠키 한 상자가 있었다.

쿠키와 주스를 쟁반에 담아서 방에 들어서는데 방 분위기가 좀 이상했다. 나를 보는 누나와 하진이 얼굴이 묘하게 굳어 있었다.

"왜 그래?"

"찬서야, 내가 실수를 한 것 같은데……."

누나가 어쩔 줄 모르는 얼굴로 나와 하진이를 번갈아 보았다. 뭔지 모르지만 안 좋은 예감이 들었다.

그때 하진이가 가라앉은 목소리로 물었다.

"너…… 연애 비법서 쓴다며?"

"으응?"

나는 머릿속이 하얘졌다.

"아, 그게……."

뭐라고 설명하려는데 하진이가 내 말을 막았다.

"그거 과제 때문에 쓰는 거 맞지?"

갑자기 입이 굳어 버린 것처럼 아무 대답도 나오지 않았다. 누나가 내 눈치를 보며 우물거렸다.

"난 그거 너희 둘이 같이 쓰는 건 줄 알았는데……."

하진이는 그대로 가방에 수첩과 펜을 챙겨 넣더니 방을 나갔다.

"하진아."

내가 따라 나가자 하진이는 고개도 돌리지 않고 말했다.

"따라오지 마. 너랑 얘기하기 싫어."

조금 뒤 '쾅' 하고 현관문 닫히는 소리가 났다. 하진이가 갔다. '쾅' 소리가 그치지 않고 내 가슴속까지 크게 울렸다.

제 9 장

후회하지 않으려면

"미안해, 동생아. 난 정말 몰랐어……."

누나는 내 방에서 나갈 생각을 안 하고 자꾸만 사과했다. 나는 아무 대답도 하지 않았다.

하진이에게 누나가 비법서 얘기를 하지 않았다면 좋았겠지만 따지고 보면 누나 탓은 아니다. 하진이한테 좀 더 빨리 말하지 못한 내 탓이다. 자꾸 미루다가 결국 이런 일이 생겼다.

"근데 정말 과제 때문에 비법서 쓴 거야? 너 그 애 진짜로 좋아하잖아. 나쁜 뜻은 아니었지?"

누나가 조심스럽게 물었다.

나는 머뭇거리다가 누나에게 전부 털어놓았다. 과제 때문에 하진이와 사귄 게 맞지만 하진이를 좋아하지 않는 건 아니라고, 사실대로 다 말할 생각이었는데 용기가 안 나서 계속 미뤘다고 말이다.

"그랬구나. 네가 먼저 말했어야 하는데 내가 말해 버렸네."

누나가 한숨을 내쉬더니 물었다.

"이제 어떡할 거야? 지금이라도 네 마음 제대로 말해야 하지 않아?"

아까 나를 보던 하진이의 차가운 얼굴이 떠올랐다.

"들어 주지도 않을 거야."

"그럼 이대로 하진이랑 멀어질 거야?"

물론 그러고 싶지 않았다. 하지만 나한테는 선택권이 없었다.

"어쩔 수 없잖아. 이렇게 돼 버렸는데."

"너무 쉽게 포기하지는 마. 난 후회하는 게 제일 싫더라. 그래서 내가 하고 싶은 거면 게임이든 뭐든 열심히 하는 거야. 너도 네가 후회 안 하려면 어떻게 해야 할지 잘 생각해 봐."

누나가 게임을 열심히 하는 데 그렇게 깊은 뜻이 있는 줄은 몰랐다. 누나 말이 맞긴 맞다. 뭐든 후회가 될 때 기분은 정말 별로다. 한참 뒤에 돌아봤을 때도 후회하지 않으려면 나는 어떻게 해야 할까.

다음 날 학교에서 하진이는 나를 못 본 척했다. 나와 눈도 마주치지 않으려는 게 느껴졌다. 4학년이 끝날 때까지 이렇게 지내야 하는 걸까. 만약 5학년 때도 같은 반이 된다면 이렇게 1년을 더 지내야 할지도 모른다. 그건 정말 싫을 것 같았다.

집에 와서 연애 비법서를 꺼냈다. 이제 아무 쓸모도 없는 비법서였지만 마지막으로 하나를 더 적고 싶었다.

연애 비법 6. 잘못한 건 빨리 말하자

내가 잘못한 것을 먼저 고백하는 일은 어렵다. 하지만 그럴수록 빨리 말해야 한다. 내가 말하기 전에 상대방이 알게 될 수도 있기 때문이다. 그러면 상대방은 큰 상처를 받아서 화해가 더 어려워질 것이다. 그 사람을 정말 좋아한다면 지금 빨리 말하자. 머뭇거리며 미루다가 두고두고 후회하게 될 수도 있다.

저녁에 하진이네 집으로 가서 초인종을 눌렀다.

"어, 찬서구나. 어서 와."

하진이 엄마가 나를 반갑게 맞아 주었다.

"하진아, 나와 봐. 찬서 왔다."

조금 뒤 하진이가 방에서 나왔다. 내 앞으로 오지도 않고 방문 앞에 우뚝 선 채로 나를 보기만 했다.

"이거 주려고 왔어."

나는 들고 온 걸 거실 바닥에 내려놓고 하진이네 집을 나왔다. 그건 지금까지 쓴 연애 비법서와 어젯밤에 여러 번 고쳐 쓴 편지였다.

하진이에게

제대로 사과 못 한 것 같아서 이렇게 편지를 써.

정말 미안해.

내가 먼저 말하려고 했는데 언제 말하면 좋을지 몰라서 미루다가 이렇게 됐어.

너랑 사귀면서 계속 과제한다고 생각했던 건 아니야.

비법서랑 상관없이 너랑 사귀어서 정말 좋았어.

이 비법서는 안 낼 거니까 네 마음대로 해도 돼. 찢어 버려도 괜찮아.

다시 한번 사과할게. 정말 미안해.

찬서가

제 10 장

과제 내는 날

　선생님이 교탁 앞에 쌓인 공책들을 보며 흐뭇한 표정을 지었다.
　"비법서 쓰느라 다들 고생했겠네. 그래도 재미있었지?"
　아이들이 고개를 내저으며 소리쳤다.
　"아니요! 너무 어려웠어요."
　"최고로 힘들었어요."
　"다음에는 쉬운 걸로 내주세요!"
　"하하하, 그래. 다들 애썼어. 이 비법서들은 교실 뒤 탁자에 올려 둘 거야. 선생님이 스티커를 한 장씩 줄 테니까 구경해 보고 제일 마음에 드는 비법서 표지에 스티커를 붙

이면 돼. 그리고…….”

선생님이 말끝을 흐리다가 물었다.

"혹시 안 낸 사람 있어?"

나는 슬그머니 손을 들었다. 주위를 둘러보니 안 낸 사람은 나뿐이었다.

"찬서야, 정말 안 냈어?"

선생님이 믿기지 않는다는 얼굴로 물었다. 모범생은 아니어도 과제를 안 낸 적은 한 번도 없으니 선생님이 놀랄 만도 했다.

"네…….”

나는 고개를 푹 숙였다.

"완성 못 한 거라도 괜찮아. 일단 내 봐."

선생님이 부드러운 목소리로 말했다. 우리 선생님은 좋은 사람이다. 매달 이상한 과제를 내줘서 그렇지, 정말 따뜻하고 상냥한 분이다. 그런 선생님한테 이런 말을 하려니 나도 마음이 불편했다.

"전혀 못 했어요. 죄송해요."

사실 어젯밤에 뭐라도 만들려면 만들 수 있었다. 맨 처음에 내가 끄적거렸던 '게임 잘하는 법'을 낼까 생각도 했다. 하지만 그러고 싶지 않았다. 나는 이 과제를 못 한 게 맞았다.
 "찬서야, 무슨 사정이라도 있었어?"
 "…… 죄송해요."

"무슨 사정인지도 말할 수 없는 거야?"

나는 아무 대답도 못 했다. 선생님은 깊은 한숨을 쉬더니 말없이 나를 보았다. 아이들도 숨소리 하나 내지 않았다. 교실이 쥐 죽은 듯이 조용했다. 그때 누군가가 불쑥 말했다.

"선생님, 오찬서 과제했어요."

내가 잘 아는 목소리였다. 목소리의 주인공이 자리에서 일어나 선생님 앞으로 나갔다.

"이거예요, 오찬서 과제."

하진이가 선생님한테 내민 건 내가 쓴 연애 비법서였다. 선생님은 공책을 훑어보더니 고개를 들고 나를 보았다.

"찬서 네가 쓴 거 맞아? 이름이랑 글씨 보니까 맞는 거 같긴 한데."

나는 하진이를 쳐다보았다. 대체 무슨 생각인 걸까. 하진이는 눈으로 이렇게 말하는 것 같았다.

'네가 쓴 거 맞잖아. 왜 대답 안 해?'

나는 머뭇거리다가 겨우 대답했다.

"네, 맞아요."

내 대답을 듣고서야 하진이는 자기 자리로 돌아갔다. 선생님은 비법서와 나, 하진이를 번갈아 보다가 슬쩍 웃음을

지었다.

"음, 이 비법서에 뭔가 사연이 있나 보네. 아무튼 찬서가 과제를 했다니 선생님은 기쁘다. 찬서가 안 했을 리 없다고 생각했거든."

아이들이 여기저기서 술렁거렸다.

"선생님, 그건 무슨 비법서예요?"

"음, 나중에 직접 보렴."

선생님은 내 비법서를 다른 비법서들과 함께 교실 뒤 탁자에 올려놓았다. 아이들이 너도나도 고개를 돌려 궁금한 눈으로 내 비법서를 보았다.

제 11 장

마지막 연애 비법

정말정말 원했던 일인데 막상 이뤄지고 나면 이상하게도 허무한 기분이 들 때가 있다. 오늘이 딱 그랬다. 내 비법서에 선생님이 커다란 왕관 스티커를 붙여 놓았다. 왕관에는 '비법왕'이라고 적혀 있었다.

"찬서야, 축하한다. 네 비법서가 친구들한테 가장 많은 표를 받았어. 내가 봐도 참 멋지더라. 이건 연애 비법이면서 인간관계의 비법이라고 해도 될 것 같아. 정말 잘 쓴 비법서야."

선생님이 나에게 비법서를 돌려주며 칭찬했다. 아이들은 "오오." 하고 감탄사를 내면서 나와 박하진을 번갈아 보았다. 하진이는 무표정하게 눈을 내리깔고 있었다.

비법서를 내고 지난 일주일 동안 하진이와 나는 '사귀다 깨진 커플'로 반에서 유명해졌다. 아이들은 내 비법서를 보고 하진이랑 사귀면서 같이 쓴 거라고 추측했다. 그걸 내가 과제로 내면서 사귄다는 걸 모두에게 공개할 생각이었는데, 중간에 깨지는 바람에 과제를 못 내게 되었다는 거다. 그런데 하진이가 나를 안쓰럽게 생각해서 선생님한테 직접 비법서를 낸 거라나. 하진이는 그런 이야기를 지겹게 들었을 텐데 아무 변명도 하지 않았다.

비법왕이 되고 나니 마음이 더 불편해졌다. 선생님이 내주는 이상한 과제를 계속해야 해도 다른 아이가 비법왕이 되는 게 훨씬 마음이 편할 것 같았다.

"찬서야, 잠깐 와 볼래?"

선생님이 쉬는 시간에 나를 불렀다.

"비법왕 된 거 축하해. 다음 달부터는 특별한 과제 안 해도 좋아."

"저, 선생님······."

나는 망설이다가 말했다.

"저 비법왕 안 하면 안 돼요?"

"으응? 왜 그러는데?"

선생님이 궁금한 얼굴로 물었다.

나는 선생님에게 사실대로 말했다. 과제 때문에 하진이를 사귀었고 그것 때문에 하진이를 기분 상하게 만들었다고, 그래서 비법서 과제를 안 낼 생각이었다고 말이다.

"…… 그러니 제가 비법왕이 되면 안 될 것 같아요."

선생님은 생각에 잠겨 있다가 말했다.

"찬서 네가 원한다면 비법왕은 안 해도 괜찮아. 그런데 하진이가 네 비법서를 대신 내준 건, 널 용서한다는 뜻이 아닐까?"

"그건 잘 모르겠어요."

"하진이랑 다시 얘기해 보면 어때? 찬서한테 하진이가 벌써 소중한 친구가 된 것 같은데."

소중한 친구라니, 조금 닭살이 돋았다.

자리에 돌아와서 선생님이 한 말을 계속 생각해 보았다. 나는 한참을 고민하다가 하진이에게 메시지를 보냈다.

놀이터에서 하진이를 기다리는데 같이 놀던 기억들이 새록새록 떠올랐다. 처음 사귀자고 말했던 것, 김빠진 사이다를 먹으며 캄캄해질 때까지 배드민턴을 쳤던 것, 내가 '야'라고 불러서 하진이가 화를 냈던 것, 하진이에게 체스를 배웠던 것……. 하진이는 나한테 좋은 기억을 많이 만들어 줬는데 나는 그걸 안 좋은 기억으로 돌려준 것만 같았다.

놀이터에서 보자고 메시지를 보낸 건 미안하다는 말을 하기 위해서다. 얼굴 보고 제대로 사과하고 싶었다. 하진이가 나오지 않아도 기분 상하지는 않을 것 같았다. 그걸로 나한테 화난 마음을 표현하는 거니까. 하진이는 그것보다 훨씬 심하게 화를 낼 권리가 있었다.

저기서 누군가 걸어오는 게 보였다. 하진이였다. 반가워서 나도 모르게 벌떡 일어섰다.

"왜 불렀어?"

하진이가 나와 눈도 마주치지 않고 물었다.

"얼굴 보고 사과하려고. 비법왕은 안 하겠다고 선생님께 말씀드렸어."

"왜 안 해? 너 비법왕 되고 싶어서 나랑 사귄 거 아냐?"

"……."

"나 신경 안 써도 돼. 이제 괜찮으니까."

뭐라고 말하면 좋을지 머릿속이 뒤죽박죽이었다.

"진짜 미안해. 그 말 하려고 부른 거야."

하진이가 나를 빤히 보았다. 지금 내 모습이 엄청 바보같아 보일 거다. 1초가 한 시간처럼 길게 느껴졌다. 이제 잘 가라고 인사하고 돌아서야 하나……. 그때 하진이가 말했다.

"처음에는 정말 화나고 너 많이 미웠어. 근데 이제 괜찮아졌어. 나도 너랑 만나면서 배운 게 있으니까."

나와 눈을 마주친 하진이가 다시 말했다.

"그래서 더는 너 미워하지 않아. 너랑 사귀는 동안 재미있고 즐거웠어. 시작은 나빴지만, 넌 좋은 점도 많은 아이야. 나한테 말 안 하고 과제 낼 수도 있었는데 그러지 않았잖아. 그러니까 마음 불편해하지 마."

하진이가 내 마음을 편하게 해 주려는 게 느껴졌다. 나는 가슴 깊숙한 곳에 있던 말을 하기로 마음먹었다.

"하진아, 있잖아……."

"그렇게 부르지 마."

하진이가 내 말을 막았다.
"우리 이제 사귀는 사이 아니잖아."
갑자기 나와 하진이 사이에 투명한 벽이 생긴 느낌이었다. 하진이는 내가 그 벽을 넘으면 안 된다고 말하고 있었다. 나는 고개를 끄덕였다.
"……알겠어."
하진이가 먼저 돌아서서 집으로 갔다. 뒷모습을 보는데 목이 콱 메었다. 그날은 우리가 진짜로 헤어진 날이었다.

하진이와 나는 이제 마주치면 전처럼 눈을 피하지 않는다. "안녕." 하고 가볍게 인사할 때도 있다. 사귀기 전에 그랬던 것처럼 말이다.

놀이터에서 마지막으로 만나고 나서 내 마음도 조금 편해졌다. 그날 너를 진짜로 좋아한다고, 다시 사귀자고 했다면 하진이는 뭐라고 했을까. 아마 잘되지 않았을 것 같다.

하진이를 보면 아직도 가슴이 쿵 내려앉을 때가 있다. 눈이 초승달 모양이 되어 웃는 모습을 볼 때도 그렇고, 박하사탕 같은 시원한 웃음소리를 들을 때도 그렇다.

오늘은 오랜만에 책상 서랍 깊숙이 넣어 놨던 내 비법서를 꺼냈다. 그리고 마지막 연애 비법을 적었다. 이걸 하진이에게 보여 줄 날이 올까? 만약 5학년 때도 같은 반이 된다면, 어느 날 아무렇지 않게 다가가서 이렇게 말해 볼 생각이다.

"나랑 배드민턴 치지 않을래?"

싫다고 하면 다음 날 다시 물어볼 거다.

"오늘도 치기 싫어? 내가 사이다도 사 갈게."

그런 상상을 하면 웃음이 나면서 기분이 좋아진다. 나는 여전히 그 아이를 좋아하는 중이다.

마지막 연애 비법. 상대방의 마음을 받아들이기

　연애할 때는 처음부터 끝까지 상대방의 마음을 잘 받아들여야 한다. 그 사람의 마음은 나와 같을 수도 있고, 아닐 수도 있다. 만약 상대방이 나와 사귀어서 행복할 수 없다면 보내 주고 그 사람의 행복을 빌어 주어야 한다. 그 사람을 정말 좋아한다면 힘들더라도 그렇게 하는 것이 맞다. 지금은 많이 아쉽고 슬프더라도 나중에 다시 함께할 기회가 생길지 모르니 그때를 기대해 보자.